Susi

Milli de Noir

Susi

Fataler Schein

Jegliche Ähnlichkeit mit lebenden oder toten Personen ist rein zufällig und nicht beabsichtigt

Anmerkung des Autors:

Das Wichtigste an einer Geschichte ist die Geschichte selbst. Die Pointe und das Verständnis davon sind nebensächlich und schlussendlich nur das Ende derselben.

Viel wichtiger ist der Weg dorthin, denn der Weg ist das Ziel! Also geniesst den Weg während ihr dem Ziel entgegenfiebert.

Bibliografische Information der Deutschen Nationalbibliothek:
Die Deutsche Nationalbibliothek verzeichnet diese Publikation in der
Deutschen Nationalbibliografie; detaillierte bibliografische Daten sind im
Internet über http://dnb.dnb.de abrufbar.

Cover Design: Asemina Ates

Herstellung und Verlag: BoD – Books on Demand, Norderstedt

ISBN: 978-3-7494-4617-9

Prolog: Der Killer

Der Killer kauert in seinem Versteck und wartet auf das Opfer. Angespannt, aber dennoch ruhig und konzentriert sitzt er dort. Getarnt in schwarz und weiss. Weiss wie die Schneeflocken, die ihn umgarnen und schwarz wie die Nacht, die ihn umarmt.

Sein sechster Sinn, sein Killer-Instinkt, den er sich mit den Jahren angeeignet hat, sagt ihm, dass es bald soweit sein wird. Bald, ja, bald schon wird sein Opfer zu ihm kommen.

Ein Schneetreiben wie selten zuvor durchzieht die Nacht und eine schwarze Schneeflocke, kaum sichtbar für die Augen, schwebt langsam dahin und wartet gespannt.

Kapitel 1: Wir

Hoch über den Wolken schweben wir dahin. Wir, **die Leser** dieser Geschichte, gleiten langsam und geschmeidig durch die Luft. Über uns ein ozeanblauer Himmel, leicht durchzogen mit verschleierten Quellwolken und unter uns eine wundervolle Bilderbuch-Landschaft. Wir sehen grüne Hügelketten und eine Strasse, die sich ihren Weg durch die Landschaft bahnt. Hier und dort giftgrüne Wiesen, mit Kühen bestückt. Maisfelder, Bauernhöfe und schnuckelige Dörfer runden dieses Bild ab. Als wir in unserem Flug leicht nach links schwenken und sich vor uns ein majestätischer Berg auftut, spüren wir etwas. Es ist kaum fassbar aber dennoch sehr präsent. Ein Ziehen und Treiben in unserem Kopf, ein Rufen und Schreien. Als ob wir im Unterbewusstsein von jemandem, gerufen und in eine bestimmte Richtung gezogen werden. Wir versuchen herauszufinden, woher dieses Gefühl stammt. Wir suchen die Landschaft ab, während wir langsam im Kreise rotieren. Dort ein Kornfeld, daneben eine grüne Wiese angrenzend an einen Wald. Wir zoomen hinein und sehen Mäuse, einen Fuchs, Rehe. Drehen uns auf ein Neues, entdecken Apfelbäume, Birnenbäume, Walderdbeersträucher und Sonnenblumen. Doch nichts Aussergewöhnliches, alles scheint normal. Dennoch, dieses reissende Gefühl in uns ist unerträglich. Wir schauen wieder zum Berg und fliegen darauf zu. Wir horchen in uns hinein und folgen diesem Reissen und Ziehen, folgen unbewusst diesem Ruf, drehen nach rechts und fliegen um den Berg herum. Am Fusse des Berges erspähen wir einen Häuserkomplex. Uralte Gebäude, die fast so aussehen, als seien sie nicht in den Berg gemeisselt worden, sondern der Berg in sie. Vielleicht ein Kraftwerk oder ein Laboratorium. Vielleicht die Templer, Sonnenanbeter, Scientologen oder auch nur der Rest einer zerfallenen Burg.

Kapitel 1: Susi

Susi erwacht aus einem Traum, wie sie ihn selten zuvor geträumt hat. Susi erinnert sich nicht mehr gut daran, denn „Träume sind nur Schäume", hat sie mal gehört. Mit jeder Sekunde verblasst die Erinnerung an dieses Ereignis, an diesen besonderen Traum. Sie weiss nur, dass es ein wundervoller und gleichzeitig grauenhafter Traum war.

Doch wo zum Teufel ist Susi bloss und wieso kann sie sich nicht bewegen? Irgendwas stimmt hier nicht! Verzweifelt versucht Susi ihrem Körper eine Bewegung zu entlocken, aber nichts passiert.

OK ganz ruhig, tief einatmen auf zehn zählen, die Quadratwurzel daraus nehmen (hä?) rückwärts zählen, wieder ausatmen...

Sie horcht in sich hinein. Schmerzen? Nein! Es geht ihr gut. Erst jetzt merkt Susi, dass sie knapp über dem Boden ist, welchen sie aber nicht zu berühren vermag. Sie hängt so da und kann sich nicht bewegen. Irgendetwas ist in ihrem Kopf. Irgendetwas hält sie fest. Ein dickes Kabel hält sie von oben fest. Das Kabel ist mit ihr verbunden. Es fühlt sich an, als ob tausende von Elektroden in ihrem Kopf verankert sind. Doch komischerweise empfindet Susi dies nicht als unangenehm.

Viel unangenehmer ist dieses Gefühl des Gefangenseins, diese Unbeweglichkeit! Egal wie sehr sie sich anstrengt, sie schafft es einfach nicht sich zu bewegen.

Sie schaut an sich herunter und erblickt Schreckliches! Ihr Körper ist aufgedunsen. Lauter Pusteln wachsen aus ihr, blutrot und pulsierend. Sie ist ausserdem übersäht mit schwarzen, muttermalartigen Geschwüren, welche auf Rot pulsierender Oberfläche herausragen.

Susi denkt beim Anblick dieser muttermalartigen Punkte an schwarze Schneeflocken. Welch dämlicher Gedanke! Erstens sind Schneeflocken weiss und zweitens hat Susi im Moment ganz andere Probleme als sich mit der Beschaffenheit von Schneeflocken zu beschäftigen.

Was zur heiligen Schneeflocke ist hier bloss los? Entweder ist das hier immer noch ein Traum (ja, bitte lass es ein Traum sein) oder Susi wurde schlimmes angetan.

Susi ist verwirrt. Nicht nur wegen des schrecklichen Anblicks: an Elektroden in einem Kabel befestigt, über der Erde hängend mit blutroten Pusteln übersäht und einem guten Schuss schwarzer Muttermale oder Krebsgeschwüre bestückt. Hmmm, klingt fast wie ein Cocktail, denkt sich Susi und kann sich ein Lächeln nicht verkneifen.

„Hahaha, ich wurde entführt, unter Drogen gesetzt und zu einem Cocktail verarbeitet, haha. Was bin ich jetzt? Susi-Colada, oder Susi-Libre oder etwa ein Mojito de Susi? Vielleicht kann mich dann so eine neureiche Tussi am Strand oder in der Disco ausschlürfen, hahaha."

OK, das ist zu viel für Susi. Ein verrücktes Lachen macht sich in ihrem Kopf breit und genau das macht ihr Angst. Man hat ihr bestimmt Drogen verabreicht, anders kann sie sich diese Situation nicht erklären. Seltsamerweise macht ihr die Gefangenschaft und experimentelle Leidenschaft ihres Peinigers (wer auch immer das sein mag) weniger aus, als die Tatsache, dass sich das alles gar nicht schlecht anfühlt.

Susi geht's gut. Ja, eigentlich hervorragend. Es ist ganz angenehm, so zu hängen, die Sonne im Gesicht, das Rascheln der Blätter, vom Winde verweht. Erst jetzt wird Susi klar, dass sie draussen ist! Sie schaut sich um. „Hey Missy, hast ne lange Leitung heute? Noch kein Strom im Hirn oder was?" tadelt Susi sich in Gedanken selbst.

Beim Umschauen stellt sie verwundert fest – wenn auch leicht entsetzt - dass da noch andere um sie herumhängen. Sie ist nicht die Einzige! „Halleluja, geteiltes Leid ist halbes Leid!"

Alle haben dieses komische Kabel im Kopf und hängen so da. Die einen neben ihr, andere über ihr. Hinter ihr steht ein Gebäudekomplex, hässliche, alte Häuser wie in Stein gemeisselt. Vor ihr eine Wiese mit einem Pavillon drauf. Eine Hecke, ein Garten, ein paar Bäume. Dort hinten weitere Hänger. Ja, „Hänger" hahaha, versucht Susi sich aufzumuntern.

„Der Schreckensgarten der unstabilen Hänger" schmunzelt Susi. „Das wäre doch ein innovativer Horror-Film-Name für einen schwarz-weiss-Schocker aus den 30er Jahren."

„OK, das reicht jetzt! Susi, reiss dich zusammen. Fertig mit dem Blödsinn. Wir fassen also zusammen:

Du hängst hier, kannst dich nicht bewegen, weisst nicht wo du bist. Da steckt was in deinem Kopf (hätte ja schlimmer kommen können) und unter dir, der Garten des Schreckens. Aber ansonsten alles bestens."

Ob sie wirklich in einem Garten im herkömmlichen Sinne ist, kann Susi nicht genau sagen. Irgendwie passt das alles nicht zusammen: entführt und aufgehängt im Garten? Hä? Wer macht so etwas? Hatte dieser Idiot keinen Keller? Was für ein Anfänger! Der soll sich mal ein Beispiel an anderen Psychopathen nehmen. Die haben alle einen ausgebauten Keller. Meistens „Made in Austria". Vielleicht ist dieser Psychopath auch nur ein sehr naturverbundener Mensch oder möchte schon im Voraus für mildernde Umstände vor Gericht sorgen.

Richter zum Angeklagten: „Junger Mann, nachdem sie Susi entführt und unter Drogen gesetzt haben, wo haben Sie sie dann hingebracht, um Ihre schrecklichen Experimente durchzuführen?"

„Herr Richter, ich habe sie in meinen wundervollen Garten gebracht. Es war doch so schönes Wetter und ich wollte, dass sie noch einmal den Sonnenuntergang sieht. Wollte, dass sie sich wohl fühlt"

Susi spürt die herannahende Verrücktheit in ihr und versucht sich abzulenken. Sie muss herausfinden, was hier gespielt wird:

„Hey du da drüben! Mein Name ist Susi, kannst du mich hören? Haallooooo???"... spricht Susi den Hänger neben ihr an.

Stille..........

Susi wagt einen zweiten Versuch

„Halloooooo....du da, kannst du mi..."

Bevor sie diesen Satz auch nur zu Ende gedacht hat, antwortet eine ruhige und sehr angenehme Stimme:

„Hallo Susi, mein Name ist Susi. Ich frag mich schon den ganzen Tag wieso Schneeflocken weiss sind. Weisst du wieso Schneeflocken weiss sind, geliebte Susi? Weisst du es?"

Kapitel 2: Relativ

Der graue, hässliche Gebäudekomplex verschwindet unter uns und wir folgen der Strasse, welche sich durch die Landschaft schlängelt. Immer noch hoch über den Wolken fliegend gleiten wir dahin.

Die Strasse führt uns etwas weiter weg vom Berg und passiert gerade ein kleines Dorf mit einer Kirche inmitten von schnuckeligen Einfamilienhäusern. Ein Dorf namens Allenwinden, hinter den sieben Linden, am Fusse eines Berges. Es ist die einzige Strasse im Dorf. Das wird wohl auch der Grund sein, warum man sie – sehr kreativ – Dorfstrasse genannt hat. Gerade als die Sonne zwischen Berg und Horizont in ihren wohlverdienten Schlaf sinkt, fällt uns am Dorfrand ein gelbes Haus auf, aus dessen unterstem Fenster ein unheimlich orangefarbenes Licht strahlt. Es zieht uns an, es ruft nach uns!

Doch das ist falsch! Wir müssen nicht da runter. Weil es nicht das ist, was wir wirklich suchen. Noch nicht!

Dennoch übt dieses Licht eine ungeheuer starke Anziehung auf uns aus. Es ist schwer zu widerstehen.

Auf einmal kommt uns ein Gedanke: „Warum sind Schneeflocken eigentlich weiss? Weiss das jemand?"

Hä? Was soll der Mist? Wieso denken wir jetzt an Schneeflocken? Was ist das überhaupt für eine dämliche Frage? Das weiss doch jeder! Schneeflocken sind weiss, weil die Kristalle des Wassers das Licht brechen. Dadurch wird das ganze Farbspektrum sichtbar, welches bekanntlich aus den Regenbogenfarben besteht. Der Teil zumindest, welcher für uns Menschen sichtbar ist. Und wenn wir alle Wellenlängen des Lichts sehen ist das 100% und wir sehen es als weiss. Wenn wir gar nichts sehen, sind das 0% (schwierige Rechnung, oder?) und wir sehen es als schwarz.

Deshalb sind schwarz und weiss auch keine Farben, sondern alles oder nichts, hell oder dunkel, ganzes Spektrum oder gar kein Spektrum.

Wow! Wir sind ja furchtbar intelligent. fällt uns gerade auf. Wir sind beeindruckt. Aber nichts ist wie es scheint, denn Intelligenz ist bekanntlich relativ. Relativ wie das Leben.

Wenn wir mal den theologischen Aspekt rausnehmen sind wir wissenschaftlich gesehen unser Gehirn, ein Computer sondergleichen.

Aber wir sind nicht wirklich auf dieser Erde, sondern eingeschlossen hinter Mauern aus Knochen in unserem Kopf. Den einzigen Kontakt zur Aussenwelt bilden unsere Sensoren. Nerven zum Ertasten und Spüren, eine vibrierende Schnecke im Ohr und zwei Augen, welche Wellenlängen des Lichts auffangen und sie in lesbare Signale für das Gehirn umwandeln. Somit kann es gut sein, dass unser blau wie das Rot eines anderen aussieht. Dennoch schreien wir alle blau, wenn wir es sehen, weil wir gelernt haben, dass diese Farbe, dieses Spektrum, blau ist.

Könnten wir uns ohne diese Sensoren sehen, würden wir Fantastilliarden von Atomen sehen, welche um den Atomkern kreisen, wie Planeten um die Sonne. Dazwischen ganz viel Leerraum. Würde man alle Elektronen zum Atomkern zusammendrücken hätte die ganze Welt in einer Kartonschachtel Platz (mit einer netten Schlaufe drum herum).

Oder wir würden uns als grosse Säcke voll Wasser sehen. Denn der Mensch besteht aus über 80% aus Wassermolekülen, also sind wir eigentlich Wassersäcke?

Was zum Henker soll diese blöde Schneeflocken-Frage? Wen interessiert das schon?

Plötzlich werden wir nach unten gezogen, wir fallen Richtung Fenster, zu diesem Licht. Ein unglaublich kraftvolles Licht, welches uns Angst macht, irgendwas stimmt hier nicht! Nur was?

Wolken zerreissen knirschend als wir durch sie hindurch fliegen, während die Sonne im Zeitraffer dem Mond Platz macht. Der Wind peitscht uns ins Gesicht und wir kommen trotz dieser Geschwindigkeit ruhig und elegant vor dem Fenster zum Stehen. Wir gehen näher heran und spähen durchs Fenster.

Wir sehen einen Sack voll Wasser, einen jung gebliebenen Wassersack namens Milli, an seinem Computer sitzen. Er hämmert wie wild auf die Tastatur ein, so als ob er gerade einen Kampf um Leben und Tod führt. Es ist kein richtiges Zimmer, nur eine Abstellkammer. An den Wänden hängt ein Iron Maiden Poster, daneben ein Bild einer fantasievollen Landschaft.

Eine Kerze erhellt wundervoll diese Szenerie und die Schatten aller Gegenstände in diesem Raum flackern um die Wette. Die Duftlampe verströmt einen angenehmen Duft, eine Mischung aus Jasmin und leichten Lavendel-Zimt Nuancen.

Der Mann, dieser Milli, kann uns nicht sehen und wir nehmen mit unseren Sensoren auch jemanden war, den wir nicht sehen können. Wir spüren, dass da noch jemand ist.

Plötzlich und ohne Vorwarnung schaut Milli zu uns herüber. Mit wilden Augen und einem wissenden Blick der bis tief in die Abgründe unserer Seele zu schauen vermag.

Es läuft uns kalt den Rücken hinunter, als ob Tausende von eisigen Schneeflocken an uns herunter gleiten!

Wir möchten weg von hier, weg von diesem Ort, weg von Milli, aber es geht nicht! Wir sind wie erstarrt.

Wir schauen auf den Computerbildschirm von Milli und sehen ein Wort, es ist: „Schneeflocke", dann sehen wir noch ein Wort, es ist eine Farbe. Nein! Es ist keine Farbe, „Keine Farbe schwarz"

In diesem Moment stösst Milli ein herzzerreissendes Lachen aus und fängt blindlings an zu schreiben, während seine glitzernden Augen uns immer noch anschauen.

Sofort werden wir wieder nach oben gezogen, bei jedem Klick von Milli auf seiner Tastatur zieht es uns höher und höher. Vorbei an Baumkronen und Vögeln, vorbei an Wolken bis wir wieder ganz oben angekommen sind.

Wir sind zugleich verwirrt und erleichtert. Erleichtert, nicht mehr bei diesem grässlichen Haus zu sein. Bei diesem Milli! Was ist das überhaupt für ein Name? Klingt irgendwie schwul für einen Mann, oder?

Und was er da schreibt über schwarze Schneeflocken. Der spinnt doch, es gibt gar keine schwarzen Schneeflocken, dass weiss doch jeder!

Kapitel 2: Gottes Rätsel

„Schneeflocken? Weiss?" Susi ist sichtlich genervt über diese Frage! „Was soll der Scheiss! Wen interessiert es wieso Schneeflocken weiss sind. Wo sind wir denn hier gelandet? Bei wer wird Millionär oder was?" Vielleicht sollte sie den Telefon-Joker nehmen...

„...und wen wollen sie anrufen Susi? Die Polizei? OK rufen sie an......."Hallo Herr Polizist, hier ist Susi, wissen sie wieso Schneeflocken weiss sind?... und...ah ja.......hilfeeeeeeeee..."

Susi verkneift sich ein Lachen und hätte fast gerufen, ich nehme Antwort „E":

„Keines von allem, denn Schneeflocken sind schwarz"...aber sie kann diese Antwort gerade noch runterschlucken und antwortet:

„Schneeflocken sind weiss, weil sie aus Schnee sind" und „Hey! Wo sind wir hier?" „Wer bist du? Wurdest du auch entführt?"

Susi schaut zu ihren hängenden Nachbarn, zu den anderen Hängern. Doch diese blöden Gestalten schauen nur lächelnd zu ihr herüber. Sie sagen kein Wort! Nur dieses abschätzige, scheinbar wissende Lächeln, dass ihr wie eine Ohrfeige entgegengeschleudert wird.

Susi wird wütend: „Ihr Söhne und Töchter einer räudigen Hündin, hört auf zu grinsen und antwortet mir" „Ihr elenden Hänger, was wollt ihr von mir?"

Doch bevor sie sich zu diesem Wutausbruch durchringen kann, hört sie wieder diese unglaublich angenehme Stimme. Diese Stimme...sie kommt ihr bekannt vor, doch woher nur?

Die Stimme sagt:

„Susi, du siehst den Wald vor lauter Bäumen nicht"

Was? Bäume? Wald? Susi schäumt vor Wut! Welcher gottverfluchte Wald? Wir sind hier in einem verfickten Garten, bei wer wird Millionär und diese wenigen Bäume kann man wohl kaum als Wald bezeichnen.

Gleich wird's laut, oh ja, Susi ist auf 100! Doch noch bevor sie ihrer Wut freien Lauf lassen kann, fällt Susi auf, dass diese Stimme nicht von ihren hängenden Nachbarn stammt, nicht von den Hängern! Sie kommt irgendwie von überall her und von nirgends. Von innen und von aussen, unbekannt und doch so bekannt! Die Hänger schweigen, sie sind es nicht, die ihr antworten. Susi kommt sich vor wie in einem schlechten Film.

„Sehr geehrte Damen und Herren, folgende Sendung ist nicht für Zuschauer unter 18 Jahren geeignet. Sie sehen nun den Film: „Das Schweigen der Hänger" in der Hauptrolle, die wundervolle und überragende Susi."

Hahaha, wenn das alles nicht so schrecklich wäre, könnte man echt darüber lachen. Etwas ängstlich aber ruhig und bedacht sagt Susi zu irgendjemandem: „Wer sind sie? Wieso tun sie mir das an?" „Hallo Mister, hallo? Bitte!"

Doch nichts passiert, keine Antwort.

Egal was Susi noch von sich zu geben vermag, sie bekommt keine Antwort. Nichts! Nada! Nista!

Na ja, wenigstens ist sie nicht allein, sondern unter fröhlichen ihresgleichen. Fröhlich grinsende Hänger wie sie. Die wurden wahrscheinlich auch unter Drogen gesetzt, denkt Susi. Vielleicht grinse ich ja auch so dämlich und weiss es nur nicht.

Gehört diese Stimme wohl zu Gott? Susi hat mal von einem Buch namens Bibel gehört. Da war so ein Typ, der nannte sich

Gott und hat in Rätseln gesprochen und diese Rätsel kann man noch heute immer und immer wieder neu interpretieren. Ja, so clever ist Gott! Hm, nein, das kann nicht sein. Wieso sollte Gott sie fragen, weshalb eine Schneeflocke weiss ist? Wenn ER das nicht weiss, wer dann sonst? Na ja, vielleicht hat er ja langsam Alzheimer, er soll ja schon ziemlich alt sein.

All diese Gedanken gehen Susi durch den Kopf, als sie schliesslich zu dem Schluss kommt: Nein! Das ist nicht Gott, dass muss ihr Peiniger sein.

Verdammt, von wem wurde ich entführt? Jack the Klugscheisser? Der Rätselmörder?

Wieso bekomm ich keinen normalen Psychopathen, wieso ausgerechnet so was?

Susi schreit ihre ganze Angst und Wut hinaus:

„Verdammt, ich bin nicht Alice, ich bin Susi, gefälligst! Du kannst mich mal, kreuzweise und anal!" Ups! Da sind aber ziemlich die Pferde mit Susi durchgegangen, uiuiui ...

Doch trotz der etwas groben verbalen Anspielung – keine Antwort, nichts! Nichts ausser dem Pfeifen des kühlen Windes, der um die Ecken des grauen Gebäudes schleicht. Mittlerweile ist es fast dunkel und Susi wird müde, sehr müde. Ihr letzter Gedanke vor dem Einschlafen ist:

Die Stimme sagte, ihr Name sei auch Susi? Wie gross ist die Chance, dass ihr Peiniger (oder ist es gar eine SIE?), den gleichen Namen trägt? Irgendetwas stimmt hier nicht, ganz und gar nicht...irgendwas.... irge...w.... grummel... grummel.... pfffffff....

Kapitel 3: Sternenhimmel

Die Nacht hat über den Tag gesiegt und über uns zeigt sich ein klarer Sternenhimmel. Dort drüben sehen wir den Grossen Wagen, daneben den Polarstern. Ein voller Mond, leicht gelblich, unterstützt die Klarheit dieses Bildes. Wir sind wieder in der Luft und haben uns langsam wieder erholt. Erholt von diesem seltsamen Erlebnis, mit diesem Wassersack namens Milli. Wir versuchen nicht mehr daran zu denken und schauen zu den Sternen.

Was wir dort sehen, ist nichts anderes als die pure Vergangenheit! Denn das Licht dieser Sterne war jahrelang zu uns unterwegs, bis wir es nun zu sehen bekommen. Sieht fast so aus wie weisse Schneeflocken auf schwarzem Grund, wie eine schwarze Decke mit leuchtenden Nadelstichen. Und was ist dahinter? Was ist es wirklich? Planeten? Nadelstiche? Schneeflocken? Oder doch nur eine weitere Illusion des Lebens?

Es kann gut sein, dass der Grosse Wagen schon lange in einer Supernova das zeitliche gesegnet hat. Aber weil das Licht einen langen Weg zurücklegen muss, wird es noch Jahrhunderte dauern bis wir die Explosion sehen. Sollte die Sonne erlöschen, würde es acht Minuten dauern, bis wir es sehen. Und die Sonne ist im Gegensatz zum Sternebild des Grossen Wagens unglaublich nahe bei der Erde. All das, was wir jetzt gerade sehen, ist nicht so wie es scheint, sondern so, wie es war.

Wie es war, als das Licht seine Fahrt Richtung Planet Erde, Richtung Planet der Affen, Richtung Planet der Wassersäcke aufgebrochen ist. Deshalb sehen wir die Vergangenheit, wenn wir in den Himmel schauen.

Sehr interessant dabei ist, dass es tatsächlich Menschen gibt, die glauben, die Zukunft zu sehen, während sie die Vergangenheit anschauen. Die glauben, die Zukunft in den Bildern vergangener Sterne zu sehen.

So was nennt man dann Astrologen (was für Klugscheisser das doch sind).

Wir wissen natürlich, dass uns Sterne sehr wohl beeinflussen können. Aber wir wissen auch, dass die Menschen die Sterne niemals richtig deuten werden. Ganz einfach, weil sie zu dumm sind, weil sie Wassersäcke sind.

Wir erinnern uns jetzt wieder weshalb wir hier sind. Wir befinden uns auf dem Weg nach irgendwo. Weil uns etwas in unserem Unterbewusstsein ruft und uns in eine Richtung zieht.

Die Zeit wird knapp, die Nacht wird bald vorbei sein und dann ist es soweit! Bald ist es soweit, wir spüren es! Wir wissen zwar noch nicht was passieren wird, aber wir wissen, dass es sehr wichtig, ja, essenziell ist.

Also lassen wir uns treiben. Vom Wind, von den Sternen, von der Vergangenheit, vom Leben.

Wir gleiten dahin, fliegen davon. Zuerst in einem grossen Bogen um die Wolken herum, einen Kreis im Universum zeichnend, immer schneller und schneller. Dann lassen wir los und fliegen in. die einzig richtige Richtung – in Susis Richtung.

Kapitel 3: Das Maledivchen

Susi öffnet ihre Augen und liegt in einem Liegestuhl am Strand. Von weissem Sand umgeben hört sie das Rauschen der Wellen des blaugrün schimmernden Ozeans.

Sie schaut an sich herunter und sieht Schreckliches! Sie ist knallrot! Ist das ein Sonnenbrand? Autsch!

Ausserdem ist ihre Haut mit einem Flaum von Haaren überzogen, als ob sie sich schon seit Monaten nicht mehr rasiert hätte. Igitt, das ist ein absolutes NO GO!

Sobald sie wieder zurück in ihrem Bungalow ist, wird sie sich die Beine rasieren. Aber zuerst braucht sie etwas zu trinken.

Susi schaut sich um, niemand da. Sie ist allein, allein auf den Malediven. Ha, das können sich nicht viele leisten, nämlich!

„Ich bin ein kleines Maledivchen, froh und frei wie ein Bienchen" singt Susi fröhlich. Plötzlich erinnert sie sich an den furchtbaren Traum, den sie während ihres Sonnenbades hatte. Meine Güte, war das schräg! Bei diesem Gedanken läuft ihr ein kalter Schauer über den Rücken, so als ob tausende von Schneeflocken, Moment mal, Schneeflocken?

Da war doch was mit diesen Schneeflocken? Aber Susi erinnert sich nicht mehr an den Traum, denn Träume sind bekanntlich nur Schäume. „Scheiss drauf", denkt Susi, war nur ein Traum. Sie dreht ihren Kopf und hebt die Hand. Schnippt mit den Fingern und sagt sanft und im Gleichklang mit dem Wellenrauschen:

„Garcon......Garcon.....eine Bloody Mary, s'il vous plait" Susi lehnt sich wieder zurück in ihren Liegestuhl, zufrieden aber rot wie ein Krebs, beobachtet sie einen riesigen Vogel am Himmel, wie er seine Runden zieht. «Vogel sollte man sein", denkt Susi.

„Ach was! Ich bin hier im Paradies, was will ich mehr? Susi sollte man sein!"

„Ehm, Mademoiselle?" Garcon steht elegant in einem schwarz-weissen Frack und Fliege neben ihr und reicht ihr den bestellten Drink auf einem goldenen Tablett.

Susi schaut mit einem neckischen Lächeln zu ihm hinauf, nimmt die Bloody Mary entgegen und sagt mit einem leicht lasziven Blick: „Dankeschön Garcon, merci." Ohne die kleinste Muskelbewegung in seinem Gesicht, antwortet Garcon: „Gerne MyLady, alles was ihnen genehm ist" und läuft davon.

Susi denkt: „Ach dieser Garcon, grrrr..." „Dieser schwarze, knackige Diener. Dieser Adonis eines Mannes."

Ups. Susi versucht ihre Gedanken zu korrigieren. Schliesslich ist der Ausdruck „Schwarzer" nicht ganz politisch korrekt. Das ist fast wie das N-Wort! Das N-Wort, welches man mit einem - Kuss beenden kann und dann hat man was Süsses zu Essen.

Oh, ein Rätsel?! Susi hat ein Rätsel geschaffen, wie ist das möglich? Susi ist nicht gerade die Klügste, das weiss sie. Doch sie gesteht es sich wenigstens ein und ist deshalb vielleicht weitaus klüger als manch anderer. Doch ein Rätsel? Das macht ihr irgendwie Angst und erinnert sie an den Traum von letzter Nacht.

Schnell lenkt sie ihre Gedanken in eine andere Richtung und formuliert den Satz von vorhin politisch korrekt um: „Dieser dunkel pigmentierte (oder war es „ungünstig pigmentierte"?), knackige Kellner. Dieser Adonis eines Mannes. Grrrr..."

Ja, jetzt ist Susi zufrieden und kann sich genussvoll ihrem Drink widmen. Sie führt den Strohhalm sanft an ihre Lippen und während sie ihn in den Mund nimmt und genüsslich daran saugt, schaut sie ins Glas:

Diese blutrote pulsierende Flüssigkeit, gespickt mit schwarzen, muttermalähnlichen Krebsgeschwüren. Diese surrealen Schneeflocken... Vor Schreck lässt Susi das Glas fallen und die blutrote Flüssigkeit verteilt sich auf dem Liegestuhl und sickert langsam in den Sand! Der Rest davon schwimmt zwischen Liegestuhl und Susi. Sogleich verdunstet die Flüssigkeit in der Sonne und übrig bleiben ... sind das Schneeflocken?

Susi schreit laut auf und wieder läuft ihr ein eisiger Schauer über den Rücken, als sie plötzlich erstarrt! Sie kann sich nicht mehr bewegen! Viel schlimmer: sie spürt wie nun dieser Schauer, der ihr vorhin den Rücken hinab lief, nun wieder hinaufläuft.

Da ist irgendetwas an ihrem Rücken. Sie kann es spüren, aber sie kann es nicht sehen und sie kann sich nicht bewegen! Es ist schrecklich! Es fühlt sich an wie eine riesige Raupe, die sich mit ihren sechs Augen und mehreren Beinen, oder besser gesagt, ihren ungegliederten Hautausstülpungen an Susi hocharbeitet. Ihr riesiges Mundwerkzeug schnappt dabei unaufhörlich zu...krack...krack...krack....

Susi schreit so laut sie kann: „Aaaaahhhhh....Iiiiihhhhhh....Garcooooon...Gaarcooon."

Garcon kommt angerannt und schaut sie mit seinen ausdruckslosen Augen an.

„Garcon, ich kann mich nicht bewegen und da ist ein Tier an meinem Rücken, nehmen Sie es weg! Nehmen Sie es weg, bitte"...fleht Susi.

Garcon, öffnet seine vollen Lippen und sagt:

„MyLady, Sie brauchen keine Angst zu haben, denn nichts ist so wie es scheint. Nun sagen Sie mir MyLady, wieso, wieso ist die Schneeflocke schwarz, wieso?"

Wenn Susi nicht schon erstarrt wäre, wäre sie es spätestens jetzt! Was zum des Teufels düsteren Aschenbechers geht hier vor? Träumt sie etwa schon wieder? Oder ist das die Wirklichkeit? War der Traum die Wirklichkeit und sie träumt jetzt?

Susi ist zutiefst verzweifelt und sagt ohne zu überlegen:

„Die Schneeflocke ist schwarz, damit man sie in der Nacht nicht sehen kann"

Und dann verschwimmt die Welt um Susi herum in einer Supernova wie in einem schwarz-weissen Kaleidoskop.

Zwischen Prolog und Epilog

Schwarz wie die Schneeflocke

Eine Schneedecke überzieht die Landschaft und weisse Schneeflocken fallen wie kleine Watteknäuel vom Himmel. Kristalle segeln wie fallende Sterne zur Erde. Abermillionen dieser Wasserkristalle fallen hernieder auf all diese Wassersäcke, auf all diese erbärmlichen Menschen.

Doch ein Kristall ist anders, einer ist unsichtbar. Denn er ist nicht weiss, sondern schwarz! Eine schwarze Schneeflocke getarnt in der Nacht. Wartend, lauernd, geduldig und dennoch angespannt.

Er ist ein Killer, etwas Unbeschreibliches, ein Wesen fern all unserer Vorstellungskraft.

Der Killer weiss, dass bald seine Zeit kommen wird. Er weiss, dass sich das Warten lohnen wird. Er weiss, dass sein Opfer nicht mehr weit ist. Er fühlt es. Ein Blitz erhellt die Nacht und eine schwarze Schneeflocke wird für den Bruchteil einer Sekunde sichtbar und verschwindet dann sogleich wieder.

Kapitel 4: Ankunft

Die schwache Sonne zwischen zwei Wolken steht schon fast im Zenit als wir über den Horizont gleiten. Der Himmel, düster und grau, lächelt uns wissend an. Wir fliegen so schnell uns der Wind trägt und spüren immer deutlicher das Verlangen an einen bestimmten Ort zu fliegen.

Wir, die Leser, die Mitreisenden... wissen nun, dass da jemand ist, etwas namens Susi, Auch, wenn wir nicht wissen, wer das ist. (Mal etwas, das wir nicht wissen, Halleluja). Wir spüren, dass Susi Hilfe braucht, dass wir sie erlösen müssen.

So eilen wir, so schnell es geht, wieder zurück zu diesem majestätischen Berg. Gerade als die ersten Wassertropfen sich von den Wolken lösen und unser Haupt mit Wassermolekülen besprenkeln, sehen wir wieder diesen altertümlichen Häuserkomplex, dieses Laboratorium. – oder war es eine Burg?

Wir wissen, dass Susi irgendwo da unten ist und zoomen in die Landschaft hinein:

Neben dem letzten Gebäude des Komplexes grenzt eine Wiese an einen kleinen Wald. Auf der Wiese steht ein Pavillon umgeben von vielen Büschen und ein paar Apfelbäumen.

Der Drang dort runter zu gehen ist überwältigend und unaufhaltsam. Wir kreisen nun, immer noch sehr hoch über dem Pavillon und sehen einen Wassersack, einen Mann mit einer Maske im Gesicht.

Na toll! Ein maskierter Wassersack unten und noch mehr Wasser von oben! Es kann nur noch besser werden.

Die Tropfen von oben vermehren sich langsam zu Legionen ihresgleichen und prasseln schneller und schneller auf uns runter.

Der Mann da unten hat etwas sehr Futuristisches auf den Rücken geschnallt. In der rechten Hand hält er eine Art Werkzeug oder eine Stange.

Plötzlich hören wir einen ohrenbetäubenden Schrei:

„Du Sohn einer räudigen Kuh, du Schlappschwanz eines Hannibal Lecters! Komm schon, was willst du?"

(Ja, das ist unsere kleine Susi, wie wir sie kennen und lieben.)

Das Schreien wird immer lauter in unserem Kopf, es ist unerträglich:

Aaaaahhh, nein aufhören, bitte Mister, bitte... es brennt! .Neiiinnn, hilfeeeeeeee!"

Wir warten bis sich der Mann langsam entfernt. Es ist noch nicht soweit, aber bald. Wir warten, warten in Gesellschaft von ewigem Wasser, das vom Himmel fällt.

Auf einmal verdunkelt sich der Himmel und ein **Blitz** durchzieht die Nacht!

Jetzt ist es soweit! Wir fliegen los. Jetzt holen wir Susi.

Kapitel 4: Meeting Point Susi

Susi erwacht aus einem Traum den sie schon mal zuvor geträumt hat. Sie hing wieder an ihrem Kabel und konnte sich nicht bewegen! Die Erinnerung an den Traum ist noch vollends da. Susi spürt sogar noch die grosse Raupe auf ihrem Rücken – ekelhaft! Sie mag Raupen nicht, jedenfalls nicht bevor sie zum Schmetterling werden. „Wer weiss, vielleicht bin ich auch bald ein Schmetterling, oder eine Susi-Colada, haha" denkt Susi laut.

Susis Lachen verstummt abrupt, als sie merkt, dass sie die riesige Raupe noch immer spürt! Das ist kein Traum, oder? Dennoch ist da etwas, sie kann es deutlich spüren!

Susis feine Härchen stellen sich am ganzen Körper auf und während ihr die Kälte ein weiteres Mal den Rücken hinunterläuft und in der Hälfte auf die Raupe trifft, schreit Susi so laut sie kann: „Aaaahhhhh! Iiihhhhhhh! Garcon! Aahhhhh!"

Das Ding, diese Raupe, krabbelt langsam aber bestimmt an Susi hoch und ihre Schneidewerkzeuge bewegen sich unaufhörlich: krack, krack, krack ...

Plötzlich verdunkelt etwas den Himmel. Susi schaut angstvoll nach oben und sieht, dass es keine Wolke ist, die sich vor die Sonne geschoben hat. Nein! Da ist jemand! Jemand steht vor der Sonne!

„Auch das noch!" Da lässt sich Mister „Charles-ich-ich-bin-ja-so-ein-kreativer-psychopath-Manson" tagelang nicht blicken und ausgerechnet jetzt taucht er auf! Gutes Timing, Arschloch!

Ausgerechnet jetzt wo Susi ganz andere Probleme hat. Was soll das hier werden? Meeting Point Susi oder was? Hab ich etwa einen (Meeting-)Punkt am Rücken?! Ups, ach ja. krack, krack, krack.

Moment mal, ist das Zufall? Vielleicht ist das ja seine Foltermethode? Zuerst ein Kabel in den Kopf jagen (knirsch), unter Drogen setzen (die wirken verflucht lange...). Danach mit blöden Rätseln nerven, um sie dann am Schluss mit Raupen anzugreifen? Raupen? Was ist denn das für ein Weichei! Und was kommt nun? Schmetterlinge oder die bösen Schneeflocken? Der Typ hat einen Vollschaden, das gibt's doch nicht!

Susi spürt, dass der Regen nun stärker wird und unaufhörlich auf sie niederprasselt. Sie hört schon wieder dieses elende Geräusch.

Die Raupe öffnet ihr Schneidewerkzeug ein letztes Mal. Es sieht aus wie zwei Krummsäbel, spitz und scharf wie Messer, welche jedes Chirurgenherz hätte höherschlagen lassen. In ihnen spiegelt sich die Umgebung – spiegelt sich Susi. Blitzschnell bohren sich die Mundwerkzeuge der Raupe tief in Susis Fleisch. Sie hat Höllenschmerzen. Ein qualvolles Feuerwerk explodiert in ihrem Kopf.

Zur gleichen Zeit kommt Susis vermeintlicher Psychopath auf sie zu und hebt mit der rechten Hand seine Waffe.

Susi weiss gerade nicht was ihr lieber ist, oder auf was sie sich zuerst konzentrieren soll. Soll sie schreien wegen ihrer Verletzung oder sich auf „Jason aus Freitag der 13-te" konzentrieren?

„Es ist nur eine verfluchte Raupe", denkt Susi. „Was kann die mir schon tun?" Also konzentriert sich Susi auf ihren Peiniger vor ihr. Sie wird nicht betteln! Denn das ist es, was solche

Typen wollen, hat Susi mal gehört. Ihre Wut und Verzweiflung über das alles überdecken den Schmerz im Rücken.

Sie schaut den Mann böse an und schreit: „Du Sohn einer räudigen Kuh, du Schlappschwanz eines Hannibal Lecters! Komm schon, was willst du?"

In diesem Moment ertönt ein Zischen und Millionen von Tropfen schiessen aus der Waffe des Mannes. Sie benetzen Susi in einem Bruchteil der Sekunde. Eine auf der Haut brennende Flüssigkeit! Dazu ein Gestank, der die Nasenflügel beben lässt!

Susi schreit verzweifelt: Aaaaahhh, nein aufhören, bitte Mister, bitte! Es brennt! Neiiinnn.... Hilfeeeeeeee! "

Doch der Mann hat sich schon entfernt.

Die grosse Raupe stösst im Einklang mit Susis Weinen einen fürchterlichen Schrei aus und löst sich auf! Ihr Chitin Panzer zerbricht in alle Himmelsrichtungen und sie zerfliesst in ihrem Schleim und rutscht an Susi hinunter. Susis Haut brennt wie tausend Sonnen! Ihre roten Pusteln am ganzen Körper pulsieren mit den Muttermalen und Schmerzen um die Wette. Es vergeht einige Zeit bis der Schmerz versiegt und Susis Tränen nachlassen.

Ohne zu denken, ohne zu fühlen, ohne Lebenswillen, hängt sie im Regen. Was soll sie jetzt bloss tun? Was ist hier los? Was passiert hier mit Susi?

Kapitel 5: Boeing 747

Im Sturzflug schiessen wir hinunter. Zerschneiden Wassertropfen wie Butterflocken. Stürzen uns auf den Flecken Erde wo wir Susi vermuten.

Noch im Sturzflug sehen wir eine Bewegung neben einem Busch oder Strauch. Wir zoomen hinein und sehen eine Maus!

Eine Maus? Wie lächerlich! Eine Maus ist für uns kein Problem, was soll der Quatsch? Doch es muss definitiv Susi sein, denn von dort werden wir gerufen! Dorthin zieht es uns.

Also steuern wir ohne zu bremsen auf die Maus zu. Dabei kommt uns immer wieder ein Gedanke:

„Irgendwas stimmt hier nicht, irgendwas läuft hier falsch"

Wir verlangsamen unseren Flug, um nicht unten aufzuschlagen. Aber nur ein wenig, denn wir sind bereit die Maus zu töten, sie zu zerfetzen. Dieser ganze Weg hierher nur wegen einer dummen kleinen Maus? Das kann doch nicht sein!

Doch kurz über dem Boden, gerade als wir die Maus zu packen bekommen (schwup!), spüren wir im ersten Bruchteil einer Sekunde etwas zu unserer Rechten: wir spüren, was falsch läuft! Wir spüren einen unwiderstehlichen Drang die Maus fallen zu lassen und drehen uns nach rechts.

Im folgenden zweiten Bruchteil einer Sekunde wird dieser Drang, dieser Ruf übermächtig, es zerreisst uns fast, als wir den Kopf drehen und Susi erblicken.

Wir sind entsetzt, denn wir sehen...

Kapitel 5: Auf der Zunge liegend

Susi hängt traurig da und denkt nach:

„Mann...Psychopath...Raupen...Schmerzen...Rätsel...schwarze Schneeflocken?

Susi meint es zu verstehen, es liegt ihr auf der Zunge! Ok, vielleicht noch nicht alles, aber zumindest einen Teil davon. Jetzt gibt es nur noch einen Weg aus der Misere – Susi muss sich auf der Stelle befreien.

„Verflucht! Es pisst wie aus Kübeln und ich hab nicht mal einen Schirm dabei!" Als ob das das grösste Problem wäre jetzt. Hach Susi, wie gut, dass sie ihren Humor noch behalten hat. Nun aber Konzentration, schliesslich muss sie ein Problem lösen. Sie muss sich bewegen! Die Drogen haben nachgelassen, sonst hätte sie bestimmt nicht solche Schmerzen. Susi nimmt ihre ganze Kraft zusammen, konzentriert sich und versucht ihrem Körper eine Bewegung zu entlocken:

......gnnnnnnnnnnnnmmmmmmmmmmmmmmpfffffffffffffffff....
..........aaahhhh....

Nichts passiert. Nicht mal ein Härchen bewegt sich, nichts!

Gerade als Susi einen weiteren Anlauf starten will, verdunkelt sich der Himmel vollends und Susi sieht...Nein! Sie spürt einen Schatten über sich. Ein **Blitz** durchzuckt die Nacht als Susi nach oben schaut und einen Schatten, schneller als die Regentropfen auf sich zusteuern sieht. Wie eine Boeing 747 im Sturzflug! Gleichzeitig nimmt sie eine Bewegung weiter unten wahr. Die Bewegung einer Maus. Von oben hört sie etwas Ähnliches wie ein, ähm, miauen? „Hä? Ein Miauen? Können Katzen fliegen?".

Susi versteht jetzt gar nichts mehr. Verzweifelt versucht sie sich zu bewegen, dem Schatten womöglich auszuweichen. Sie nimmt alle Kraft zusammen und presst, presst!

Der Schatten ist nicht mehr weit weg, Susi drückt und zerrt in ihrem Kopf, zerrt nach der rettenden Bewegung. Aber es ist so schwer, es ist unmöglich! Genauso, wie schwarze Schneeflocken unmöglich sind? (Aber das stimmt gar nicht, oder?)

Plötzlich erscheint der Schatten neben ihr und schnappt sich die Maus. Doch in diesem Moment spürt Susi etwas: Etwas Grausames und Wundervolles zugleich. Etwas, das ihr gleichzeitig Angst macht und doch so wunderschön ist. So schön wie Schneeflocken im Wind... ob weiss oder schwarz ist Susi in diesem Moment egal. Der Schatten und Susi schauen sich an... Susi traut ihren Augen kaum...

Kapitel 666: Illuminated

In einem kleinen Dorf, hinter den sieben Winden bei den sieben Linden am Fusse eines majestätischen Berges, sitzt ein jung gebliebener Mann namens Milli an seinem Computer.

Er hämmert wie wild auf die Tastatur. Er führt gerade einen Kampf um Leben und Tod.

Wir, **die Leser**, sind nicht mehr da draussen, sondern haben die Perspektive gewechselt! Wir schauen nun durch das Fenster, während draussen ein unheimliches Schneetreiben den Spätwinter beherrscht. Wir schauen von aussen durch das Fenster und durch den Mann hindurch direkt auf den Monitor.

Dort steht:

Wikipedia: Der Mäusebussard (Buteo buteo) ist ein Greifvogel aus der Familie der Habichtartigen. Er ist 51 bis 57 Zentimeter lang und hat 113 bis 128 Zentimeter Flügelspannweite. Das Gefieder ist sehr variabel von dunkelbraun bis fast weiß. Er kann oft bei seinen kreisenden Segelflügen oder bei der Ansitzjagd beobachtet werden. Der Mäusebussard ist ein vergleichsweise viel rufender Greifvogel. Der oft im Flug zu hörende laute Ruf klingt abfallend miauend.

Susi ist überrascht, denn sie sieht einen Vogel, der eine Maus fallen lässt?!

In diesem Moment scheint die Zeit für Susi still zu stehen. Legionen von Regentropfen – oder anders ausgedrückt, nicht kristallisierte Schneeflocken – bleiben im Universum schwebend stehen. Der Mäusebussard erstarrt in der Luft und die Maus in ihrem fiependen Laut ebenfalls.

„Bravo du Sissi, du Sissi-Susi, du Angsthase!" ...tadelt sich Susi auf ein neues.

„Angst vor so einem Federvieh?"

Dabei weiss doch jeder, dass Mäusebussarde keine Susis mögen! Moment mal! Dieser „Piepmatz" hat ja eine unglaubliche Grösse! Eine Boeing 747 ist ein Modellflugzeug dagegen. Von wem zum Teufel wird dieses Vieh gefüttert? Von Jamie Oliver?

Vielleicht ist auch nicht der Vogel so gross, sondern..."Ach, du riesen Mochito de Susi, Scheisse!"

Plötzlich versteht Susi alles! Ein Begreifen schiesst durch Kabel und Elektroden in Susis blutroten Körper! Die flaumige Haarpracht richtet sich auf. Susi ist erleuchtet.

Illuminated-Susi. Illuminated...!

Die Zeit läuft weiter... Ein unvorstellbar lauter **Donner** erschüttert die Erde und der Regen schiesst wie Glassplitter gen Boden. Der Mäusebussard lässt die Maus entsetzt fallen...!

Wikipedia:

Die Wald-Erdbeere (Fragaria vesca), gehört zu den Rosengewächsen (Rosaceae). Sie wächst verbreitet an Waldrändern und auf Lichtungen. Meist ist sie weich oder seidig behaart, mit dickem, schwach holzigem, fadenförmige Ausläufer treibendem „Wurzelstock". Sie wird meist 5 bis 25 cm hoch und ist damit im Wuchs kleiner als die Gartenerdbeere. Tiere und Menschen, welche die Frucht essen, scheiden die kleinen hartschaligen Nüsschen wieder aus, so dass die Nüsschen – sofern sie geeignete Standortbedingungen vorfinden – keimen können (sogenannte Endochorie).

Der Mäusebussard sieht entsetzt...eine kleine Wald-Erdbeere!

Doch er hat keine Zeit nachzudenken! Er weiss nur, dass er sie erwischen muss, koste es was es wolle. Die Zeit läuft!

Die Flugbahn des Bussards ist äusserst schlecht berechnet, jedenfalls, was die Erdbeere betrifft. Bevor die fallende Maus noch ein letztes Mal fiept und bevor sie den Boden erreicht hat, schlägt der Bussard mit seinen Flügeln und macht eine halsbrecherische, nicht ganz so elegante Flugbahnänderung nach rechts. Er streift dabei mit einer Körperhälfte den Boden! Federn stäuben auf und schweben in der Luft wie dunkle und helle Schneeflocken im Wind.

„Geflügel"-Haut reisst und man hört Knochen brechen. Doch der Bussard bekommt im letzten Moment wieder Aufwind und schiesst auf Susi zu. Mit dem Schnabel voraus wie die Spitze einer Concorde.

Die kleine Wald-Erdbeere sieht gelb-glitzernde Augen und einen Regentropfen-zerschneidenden Schnabel auf sie zufliegen. Noch ein letztes Mal steht für Susi die Zeit still:

„Verdammt! Ich bin keine Susi-Colada, ich bin eine scheiss Erdbeere, denkt Susi enttäuscht! Eine dumme kleine hässliche Wald-Erdbeere! Na toll! Jetzt geht's mir gleich viel besser!"

Aber wie kann das sein? Wieso wusste ich das nicht? Nein, nein, Moment! Die korrekte Fragestellung wäre: „Warum weiss ich es erst jetzt?"

„Ich bin eine verfluchte Erdbeere! Ich weiss nichts! Ich bin dumm! Ich habe kein Bewusstsein! Erdbeeren können nicht denken!" Wie ist es also möglich, dass Susi die Erdbeere trotzdem fähig ist zu denken? Hmm, vielleicht ist sie ja eine besondere Erdbeere?

...Meine Damen und Herren! Verehrtes Publikum! Nach Flammenspuckern, Seilakrobaten und wilden Löwen kommen wir nun zu der Hauptattraktion des Abends. Darf ich vorstellen, Ladys and Gentlemen: SSSssssssuuuuusi, die Besondere! Suuusiiii die kleine intelligente Erdbeere mit einem grossen Bewusstsein"...

Susi grinst und kommt zu einem Entschluss: „Ich bin etwas Besonderes!"

Sie hat das Schneeflockenrätsel zwar nicht gelöst, aber auch Einstein brauchte bestimmt mehrere Versuche um herauszufinden, dass Zeit relativ ist.

Doch Susi ist sich nun bewusst, was sie ist und sie möchte in ihrem Erdbeerenleben unbedingt noch mehr erreichen als nur hier rumzuhängen bis sie verfault oder in einem Fruchtsalat endet. Sie möchte die Welt sehen! Andere Orte, andere Psychopathen (grins). Sie will noch nicht sterben! Und sie kann es schaffen, davon ist sie nun überzeugt!

„Mäusebussarde mögen gar keine Erdbeeren. Die sind schlecht für die Verdauung", hat Susi mal gehört. Na ja, um ehrlich zu sein sieht es nicht gerade so aus, als ob er sie küssen möchte.

Susi hat nur eine Möglichkeit: Sie muss ihm ausweichen, sie muss sich bewegen, jetzt sofort!

Doch kann sie das?

„Können Katzen, äh, Kühe fliegen?" Fragt sie sich.

Susi antwortet sich selber als sie in den Regen und in die Zeit hinausschreit:

„Ja, vielleicht könnten Kühe fliegen, wenn sie es nur mal probieren würden!"

Federn vibrieren mit Lichtgeschwindigkeit im Wind. Gelbe Augen des Todes und ein Schnabel spaltet die Dunkelheit. Ein Wirrwarr aus Blitzen erleuchtet den verregneten Himmel! Susi nimmt all ihre Erdbeeren-Kraft zusammen. Sie denkt an einen Strand, sie denkt dabei an Gaarcooon! (Grrr!)

Mit einer unbeschreiblichen Anstrengung lässt Susi Energie aus ihrem Fruchtfleisch spriessen. Eine Energie die den Polarstern in Flammen aufgehen lassen würde, eine Energie, die die Erde implodieren lassen könnte, so dass sie danach in einer Kartonschachtel Platz hätte. Nerven glühen, Muttermale, sogenannte „Nüsschen" vibrieren schneller als das Licht! Ein letzter Ruck, ein letzter Schrei:

„Gerronniimmooooooo... Garccooooooonnn"

Gerade als der Mäusebussard mit geöffneter Schnabelspitze, den ersten Flaum, die erste Nuss, das erste Stück Fruchtfleisch der Erdbeere zu spüren bekommt, hüpft dieses kleine flinke Ding zur Seite. Eine schnelle, fast elegant anmutige Bewegung. Gerade so weit, um dem geöffneten Schnabel des Vogels auszuweichen.

Der Bussard stösst einen wütenden Schrei aus und fliegt ziemlich verwirrt dem nächsten Apfelbaum entgegen. Im letzten Moment spannt er seine Flügel an – eine schnelle Winkelkorrektur der Tragflächen –

und schnellt um Haaresbreite am Baum vorbei.

Ein verletzter, verstörter Bussard fliegt höher und höher, dem Regen entgegen. Durchschneidet die Nacht zum wiederholten Male. Er stösst noch einen letzten hörbaren Schrei aus und fliegt davon.

„Hahaaaaaaaa! Jaaaaaa! Du Sohn einer räudigen Krähe! Du Pussy von einem Bussard. Du koordinationsunfähige Sissi! Du Sissi Bussi Bussard. Scheiss Geflügel, hau ab, hau bloss ab, huahahaaaaa!"

„Ich bin Susi die kleine Erdbeere und ich hab's dir gezeigt! Ich hab dir in deinen Geflügelarsch getreten, du Poulet im Körbchen, du Mistkratzerl!"

Susi ist furchtbar stolz auf sich. Sie hat unmögliches geschafft, sie hat Kühe fliegen lassen, sie hat sich bewegt!

Susi wippt voller Freude hin und her, vor und zurück, springt hoch und runter!

Dabei singt sie unaufhörlich:

„Ich bin ein Maledivchen, frei und froh wie ein Bienchen, ich bin ein Maledivchen..."

Der ganze Erdbeerenstrauch wippt mit ihr hin und her, rauf und runter. Die anderen Hänger schauen sie verdutzt und verständnislos an.

„Da staunt ihr, was? Da bleibt euch dämlichen Hänger die Spucke weg! Denkt ihr, nur weil ihr Erdbeeren seid könnt ihr nichts erreichen, ausser vielleicht mal als Erdbeer-Eis zu enden?"

Ha! Wer will schon ein Eis sein?! Susi möchte mehr! Obwohl sie sich nun bewusst ist, dass sie „nur" eine Erdbeere ist, möchte sie sich immer noch aus ihrer Gefangenschaft befreien. Jetzt erst recht! Möchte raus aus diesem Garten der verdutzten Hänger an einen weit entfernten Ort. Möchte etwas Grosses vollbringen. Noch grösser als das hier! Möchte aufsteigen, möchte mehr erreichen als all die anderen Erdbeeren dieser Welt!

Susi ist überzeugt, dass sie das schafft. Genauso wie sie es geschafft hat sich zu bewegen. Denn sie ist eine starke Erdbeere, das weiss sie jetzt!

Plötzlich schiesst ihr ein Gedanke durch den Kopf:

„Die Schneeflocke ist Schwarz, damit man sie im Dunkeln nicht sehen kann"

„Hmm, aber warum will sie nicht gesehen werden?" fragt sich Susi als plötzlich und ohne Vorwarnung zwei riesige Klauen von oben herabstürzen und Susi umschliessen! Sie wird zu Boden gedrückt und der Mäusebussard steht auf ihr. Susi spürt wie das Kabel aus ihrem Kopf gezerrt wird! Elektrode für Elektrode (ratsch...ratsch...ratsch) wird rausgerissen. Seine Krallen bohren sich in Susi und zwei grässlich gelbe Augen schauen von oben auf sie herab.

„Hab ich dich, du kleine zickige Erdbeere" flüstert der Bussard Susi zu.

Dann wird er laut! Für uns Menschen hört es sich an, wie das abklingende Miauen einer Katze, aber Susi versteht es nun:

„Dachtest, du könntest mich austricksen, oder wie?! Mich?!! Den König der Lüfte, den Prinzen des Windes, das Raubtier des Himmels? Ich weiss alles und du nichts! Du bist nur ein Stück verfickte Erdbeere und nun sag Lebewohl! Du scheiss rote-Pussy, du bist nur eine Erdbeere! Stirb, du Sau!"

Dann stösst er zu! Mit seinem Schnabel dringt er weit in Susis Fruchtfleisch ein und seine Krallen zerdrücken die rote Frucht! Susi platzt!

Das Fruchtfleisch färbt den Schnabel des Bussards rot, die Nüsse einer Erdbeere ergiessen sich mit einem Teil des Fruchtfleisches in den Mund des Vogels! Zwei weitere Teile von Susi quetschen sich zwischen die Krallen des Bussards, wie Erdbeermarmelade nach oben und bleiben dort kleben. Der

Rest von ihr sickert in den nassen Boden wie eine Bloody-Mary im Sand. Sozusagen, eine Bloody Susi!

Der Bussard schluckt und schluckt rot grässlich süss schmeckendes Fleisch bespickt mit Nüsschen. Er schluckt und schluckt Susi hinunter!

Susi stirbt! :-(

Zumindest der fleischliche Teil von ihr.

„Sind wir nicht alle mehr als nur unser Fleisch? Egal woher wir kommen oder wer wir sind? Kann nicht auch eine Erdbeere mehr sein als nur ihr Fruchtfleisch? Könnten Kühe wirklich fliegen, wenn sie es probieren würden?"

Der Bussard stösst einen triumphierenden Schrei aus, erhebt stolz sein Haupt und fliegt in die Nacht hinaus.

Susis Bewusstsein - "Illuminated Susi again" - ist nun in dem Mäusebussard...in dessen Magen. Schwarze Nüsschen, wie Muttermale, wie Krebsgeschwüre schwimmen in der Magensäure des stolzen und arroganten Vogels.

Das fremde Bewusstsein im Vogel hat nur den einen Gedanken:

„Endlich! Endlich werde ich...werden WIR die schwarze Schneeflocke treffen, endlich!

In Bruchteilen einer Sekunde wird es eisig kalt und während ein verletzter aber stolzer Vogel gen Himmel fliegt, kommen ihm die ersten Schneeflocken entgegen.

Letztes Kapitel

Kaleidoskop

Milli nimmt eine Erdbeere an ihrem Stängel über dem Haarschopf aus dem Glas und führt sie langsam zum Mund. Er steckt sie halb hinein und spürt einen leichten Flaum von Haaren als er herzhaft zubeisst. Roter unglaublich süsser Saft ergiesst sich in seinen Mund und lässt seine Geschmacksknospen vor Freude jauchzen.

Ein paar Körner oder Nüsse gleiten mit dem Fruchtfleisch seine Speiseröhre hinab.

Milli nimmt sofort auch den Rest der Beere in den Mund, zieht am Kabel und hat nur noch die grüne Frisur, die Elektroden in der Hand. Er stellt sie auf den Drucker vor das Bild einer kleinen hässlichen Erdbeere.

Der Killer sitzt in seinem Versteck und beobachtet die weisse Landschaft. Wartet gespannt, wartet auf das eintreffen seines Opfers. Dann sieht er etwas vom Himmel kommen! Er sieht einen Schatten, er sieht sein Opfer. Seine Muskeln sind angespannt, sein Geist ruhig und bedacht. Bald hat er es geschafft!

Der Mäusebussard fliegt mühsam durch eisige Höhen. Um ihn herum ein wildes Schneetreiben. Schneeflocken überschlagen sich mit anderen Schneeflocken im Wind. Seine Sicht ist getrübt und sein Körper schmerzt bei jedem Flügelschlag. Eine Seite ist aufgeschürft und blutet. Bluttropfen fallen im Einklang mit Schneeflocken zur Erde, als dem Bussard plötzlich schlecht wird.

Das ist alles die Schuld dieser Tussi, dieser Zicke, dieser kleinen Erdbeere! Wie konnte er sich bloss auf so was einlassen? Er verträgt keine Erdbeeren, er ist ein verfluchter Mäusebussard, er hasst Früchte! Er ist der König der Lüfte, „the Prince of darkness", die Höllengeburt aus Federn, ein Killer, ein allwissender Gott! Und nun? Nun hat ihn eine kleine verfickte Erdbeere Schachmatt gesetzt. Dabei sind Erdbeeren nicht mal richtige Beeren, das weiss doch jeder! Es ist eine Sammelnussfrucht (**Danke Wikipedia**)! Er wurde also sozusagen von ein paar erbärmlichen Nüssen erledigt. Das ist ja noch schlimmer!

Er kann nicht mehr denken, sein Körper schmerzt, sein Bauch ist dabei zu explodieren. Ihm ist so schlecht! Die Welt dreht sich, er muss irgendwo landen, muss sich ausruhen – auf der Stelle!

Unter sich entdeckt er einen Garten mit einer Hecke und landet ziemlich ungeschickt auf einem Gartenzaunpfahl. Verliert fast den Halt, kann sein Gleichgewicht aber gerade noch korrigieren und bleibt stehen. Sein Herz klopft, seine Schmerzen pulsieren hinter den gelben Augen und sein Magen rotiert im Kreise. Dann nimmt er einen Duft wahr! Einen Duft, den er schon mal gerochen hat, es ist Jasmin mit leichten Lavendel-Zimt Nuancen, die ihm in die Nase steigen. Irgendwoher kennt er diesen Duft, nur woher? Doch bevor er darüber nachdenken kann, sieht er etwas und traut seinen Augen nicht!

Er sieht einen Punkt in der Landschaft, einen Punkt, in den das ganze Spektrum wie in ein schwarzes Loch hineingezogen wird. Er sieht inmitten der weissen Schneepracht eine einzelne schwarze Schneeflocke!

Wie kann das sein? So was gibt's doch gar nicht! Die schwarze Schneeflocke schaut ihn an und er schaut zurück. Sein Blut gefriert in diesem Moment.

Ein jung gebliebener Mann namens Milli sitzt hinter den sieben Winden bei den sieben Linden an seinem Computer und kommt nicht weiter mit der Geschichte! Was nun? Wie soll es enden?

Milli ist total blockiert!

Vor ihm eine Wanduhr, in der sich ein Sekundenzeiger, den Weg von einer Minute zur anderen erkämpft. Zu seiner Linken eine verwelkte Rose in einer trockenen aber glücklichen Vase. Zu seiner Rechten, über dem Drucker aufgehängt, das Bild einer hässlichen kleinen Walderdbeere. Darunter ein Glas Cuba Libre, in dem gemütlich eine Erdbeere schwimmt und auf die Befreiung wartet. Milli schaut das Bild an und dann die Erdbeere im Glas. Er erhofft sich eine kleine Inspiration, aber die fällt heute aus!

Darf man, kann man überhaupt einen Cuba Libre mit einer Erdbeere servieren? überlegt Milli.

Geht das? Warum denn nicht?!

Können Katzen vom Himmel fallen? Können Kühe fliegen?

Er fischt die Erdbeere aus dem Glas – und ist immer noch blockiert!

Draussen steht die Zeit still. Schneeflocken wirbeln wie wild umher. Sie bilden haufenweise weissflockige Hurrikans und lösen sich sogleich wieder auf, um dann auf ein Neues um die Wette zu wirbeln. Eine schwarze Schneeflocke schaut aus ihrem Versteck zu dem Opfer herüber. Das Opfer schaut verständnislos zurück. Beide sind erstarrt, nur der Schnee wirbelt unaufhörlich zwischen den Zeiten.

Milli nimmt einen Schluck Cuba Libre und schaut sich um. Er sucht jemanden, er hält nach jemandem Ausschau. Er sucht seinen **Kater Mauser**, auch liebevoll Mausi genannt.

Sein Mäuserich ist eine europäische Hauskatze und sieht ein wenig aus wie eine Kuh. Er ist schwarz-weiss gefleckt. Sein Bauch ist mehrheitlich weiss. Sein Rücken eher schwarz bis in den Schwanz. Die Schwanzspitze ist wiederum weiss.

Das Schwarz des Rückens zieht sich über die Stirn bis zu den Augen und bleibt dort stehen. Das rechte Auge ist schwarz umrandet, das linke weiss.

Seine Schnauze ist komplett weiss, bis auf die Nasenspitze! Die Nase von Mausi ist schwarz,

schwarz wie eine **Schneeflocke** auf weissem Grund.

Mauser kauert draussen im Gebüsch und schaut einen grossen Vogel an. Getarnt in schwarz und weiss, weiss wie die Schneeflocken, die ihn umgarnen und schwarz wie die Nacht, die ihn umarmt. Seine schwarze Nasenspitze vibriert leicht, als er den Duft des Vogels in sich aufnimmt.

Mauser ist schon eine alte Katze, genaugenommen 16 Menschenjahre, aber für sein Alter noch top fit.

Dieser Vogel ist schon ziemlich gross, denkt Mausi unsicher. Doch wenn er den fängt, dann wird sein Herrchen bestimmt stolz auf ihn sein. Wird ihm vielleicht mehr Beachtung schenken.

Sein Meister sitzt wieder an diesem Kasten und hämmert auf die Knöpfe. Mausi kann es nicht ausstehen, wenn er das tut, genauso wie er seinen eigenen Namen nicht mag. Wie konnte sein Herrchen ihn bloss Maus nennen? Ihn, den Killer?

Wenn Milli in dieser Kammer sitzt, ist er wie in Trance und beachtet Mausi kaum. Das macht den Kater traurig. Heute hat er noch nicht mal etwas zu Fressen gekriegt!

Deshalb sitzt er nun schon seit Stunden in diesem Schneetreiben und wartet auf den richtigen Zeitpunkt. Dieser scheint nun gekommen zu sein. Der Vogel ist gross, grösser als alles was er bisher erlegt hat! Aber Mausi ist ein geübter Killer und weiss, dass er es schaffen kann. Und wenn er ihn geholt hat, wird er ihn verschlingen und die Überreste des Massakers im Garten verteilen.

Mausi hat schon lange aufgehört seinem Herrn das Essen vors Bett zu legen. Irgendwie glaubt er, dass sein Herr dies nicht zu schätzen weiss. Mausi versteht nicht wieso? Er beklagt sich ja auch nicht über das Essen, welches er jeden Tag bekommt. Da will man diesen Menschen mal was Gutes tun, ihnen was Feines bringen und was ist der Dank? Sie werden wütend. Dabei hat Mausi ihm sogar schon das Essen fein säuberlich zerlegt – und das besser als jeder Chirurg. Leber, Herz und Gedärme auf der einen Seite, Kopf und Gefieder auf der anderen und eine liebevolle Blutspur von der Katzentüre bis zum Bett, damit der Herr sein Essen schnell findet.

Doch anscheinend bringt all die Mühe nichts. Menschen sind furchtbar undankbare Wesen! Deshalb wird Mausi diesen Abendschmaus ganz alleine geniessen. Er darf nur keinen Fehler machen, er muss blitzschnell sein, ohne Vorwarnung und dem Vogel sofort den Kopf abbeissen, damit er sich nicht wehren kann. Das Vieh sieht schon ziemlich stark aus, wie es so dasitzt. Stolz und ein wenig arrogant.

Mausi spürt ausserdem, dass es sehr wichtig ist diesen Vogel zu erlegen! Er weiss nicht genau wieso, es ist einfach so! Es ist wichtig für ihn, für seinen Herrn, ja, sogar wichtig für den Vogel – und dann ist es wichtig für noch jemanden. Mausi-Mäuserich-„dieschwarzeschneeflocke"-Mauser macht sich bereit zum Sprung!

Milli fragt sich indessen, ob das alles gut ist, was er hier schreibt. Soll er es wieder löschen oder doch abspeichern? Unsicher schaut er zur Computer-Maus. Löschen oder speichern?

Er erblickt die kleine Erdbeere in einem Bild neben sich, schaut dann zur Uhr, - und hat plötzlich eine Idee, er ist inspiriert!

Nun weiss er, dass er es bald geschafft hat, bald ist die Geschichte zu Ende. Nur noch eine Sekunde der Zeit! Oder anders ausgedrückt, noch tausend Millisekunden und seine Geschichte ward geschrieben.

Beim Blick aus dem Fenster sieht er eine Schneeflocke müde zu Boden segeln. In ihrem Kristall spiegelt sich sein eigenes grinsendes Antlitz, als plötzlich ein Fauchen von draussen ertönt, gefolgt von einem Laut, wie das Miauen einer Katze!

Der Sekundenzeiger seiner Wanduhr beginnt gerade seine nächste Fahrt von Sekunde fünf zu sechs. Langsam bewegt er sich und das Viertel eines Tickens ertönt, als er die erste Bewegung ausführt:

Erschrocken über den Wagemut seiner Katze dreht er sich um, schaut nach draussen, während sein linker Arm die Vase streift, welche sofort ihre Fahrt gegen den Boden aufnimmt.

Draussen setzt Mausi mit einem lauten Fauchen zum Sprung an, so dass eigentlich das Blut eines jeden Vogels gefrieren sollte.

Ein Hurrikan aus Schneeflocken wirbelt um den erschrockenen Bussard und zieht ihn nach unten, während er mit den Flügeln schlägt, um nach oben zu steigen. Der Vogel schreit verzweifelt auf, als eine schwarze Schneeflocke die Nacht zerreisst und sich zwischen weissen Flocken ihren Weg zu seinem Opfer erkämpft.

Im Gleichklang des zweiten Viertels, des Tickens seines Sekundenzeigers, nun auf halbem Weg zur sechs, während die Schneeflocke draussen immer noch nicht den Boden erreicht hat, versucht Milli mit einer Drehung die Vase aufzuhalten und stösst dabei mit der rechten Hand leicht an die Maus, während draussen der Kampf der Flocken beginnt. Die Maus bewegt wie von Geisterhand den Pfeil auf dem Monitor, und dieser bleibt genau auf dem Speichersymbol stehen, während er anstatt die Vase, den Cuba Libre erwischt.

Platsch ...und Cuba ist befreit, Halleluja!

Der Bussard flattert um sein Leben, wirbelt Schnee auf und erhebt sich langsam in die Luft. Er spürt schon den warmen vermoderten Hauch aus dem Rachen der Katze, unterhalb einer scheinbar schwarzen Schneeflocke. Der Schneewirbel um ihn herum gibt nach und er schafft es Auftrieb zu bekommen.

Während draussen der erste Kristallsplitter einer Schneeflocke anfängt, grausam schmelzend den Boden zu berühren und der Sekundenzeiger sein drittes Viertel eines Tickens, dem letzten Schritt zur sechs entgegeneifert, dreht sich Milli in die andere Richtung. Seine Füsse verkeilen sich am Tischbein, der Stuhl dreht sich, während sein rechter Arm und sein noch rechteres Bein in den Resten von Cuba baden.

Die Wirbelsäule reagiert ganz nach den Gesetzen der Physik und Physiologie und dreht seinen Körper um sich selbst! Just aus diesem Winkel sieht er draussen die Schneeflocke, wie sie sich gänzlich aus ihren Kristallen löst und zu Wasser auf Teer verschmilzt. Gleichzeitig hört er das letzte Ticken der Sekunde auf ihrem Weg zur sechs, und seine Vase fällt gänzlich um...berührt die linke Taste der Maus....lässt ihr ein Klicken entweichen (Text gespeichert!), als ob die (Computer)Maus ihr letztes Schluchzen von sich gibt, weil sie die Katze im Nacken spürt. Eine Sekunde, eine Schneeflocke, eine springende Katze, eine erschrockene Maus - und eine Geschichte ist fast zu Ende.

So hat alles auf dieser Welt einen Sinn und doch hat es keinen. Alles hängt zusammen und doch tut es das nicht. Das Leben ist wundervoll und grausam zugleich. Es IST und doch IST es nicht!

Zerbrechlich wie eine Vase, befreiend wie Cuba, gefangen wie die Wirbelsäule in seinem Körper und dahin schmelzend wie eine Schneeflocke auf Teer.

Die Wellenlängen zwischen 650 und 700 Nanometer entsprechen der Farbe Rot...BLUTROT!

Ein Blitz zerteilt die Nacht wie ein Geweih! Der Himmel, nichts als ein chaotischer Schrei! Wolken zerreissen in voller Wut, der Regen, der weisse Regen ist voller Blut.

Der Killer bekommt den Vogel im letzten Moment zu fassen. Seine Krallen bohren sich in seine verletzte Seite und ziehen ihn runter. Der Killer öffnet seinen Mund und scharfe Zähne, in denen sich Schneeflocken spiegeln, beissen in den Nacken des Bussards! Dann stürzen beide auf den Boden und noch bevor sie ankommen, durchbricht der Killer das Rückgrat des Vogels, genau zwischen Kopf und Körper. Blut spritzt in alle Himmelsrichtungen als er den Vogel in den Boden rammt und den Kopf des Federviehs vom Körper trennt. Ein Schlachtfest sondergleichen beginnt.

Der Killer beisst erneut zu, reisst Haut und Fleisch von den Knochen, reisst Gedärme raus, der Magen platzt auf, die Leber wird verdrückt und hinuntergeschluckt. Blut sickert in den Schnee. Rot, so rot, wie die Morgenröte in unseren Augen, rot wie eine Bloody Susi.

Mausi hebt seinen Kopf und schaut sich das Massaker an: An seiner Nase hängen Blutstropfen und ein Teil des Mageninhalts vom Vogel. An seiner schwarzen Nase kleben auch ein paar unscheinbare Nüsse, ein paar Nüsschen einer kleinen hässlichen roten Erdbeere.

Noch einmal drückt Mauser seine Schnauze in die Überreste des Vogels und beisst hinein! Drückt im Blutrausch seine schwarze Schneeflocke weiter bis in den Boden und drückt ein paar Nüsschen in die Erde.

Dann hebt er ein letztes Mal seinen Kopf. Die Schnauze ist nun sauber, das Blut im Schnee, die Nüsschen in der Erde. Der Vogel tot und die Geschichte steht vor dem Ende.

Mausi lässt die Sauerei für seinen Herrn liegen und schreitet stolz und elegant, wie nur Katzen das können, durch seine Katzentüre. Er geht zu seinem Herrn, streift ihm um die Beine, lässt ein liebevolles Gurren von sich, läuft wieder weg und macht es sich auf der sauberen Bettwäsche im Schrank bequem.

Eine schwarze Schneeflocke im Schrank nimmt ihren Platz ein, kuschelt sich in Bettdecken, legt den Kopf ab, schliesst ihre Augen und ist zufrieden mit sich und der Welt.

Epilog

Susi und der Killer

Der Himmel ist klar, keinen Schatten nimmt er wahr.

Wolkenlos und wundervoll scheint die Sonne auf uns herunter und wir sehen in einem Garten, hinter den sieben Winden bei den sieben Linden, einen kleinen Erdbeerenstrauch!

Es ist Susi! Susi hat es geschafft, sie ist nun keine kleine hässliche Erdbeere mehr. Sie ist nun ein wunderschöner Erdbeerenstrauch! Ein Erdbeerenstrauch mit lauter hängenden unwissenden Susis daran.

Susi wippt im Winde daher und ist glücklich.

Endlich hat sie die schwarze Schneeflocke getroffen, endlich hat sie geschafft, was nie zuvor eine Erdbeere geschafft hat.

Sie hat sich bewegt, dann hat sie mit einem Mäusebussard gekämpft und gewonnen. Dann wurde sie von dem Bussard, der eigentlich nie Erdbeeren isst, geschluckt und von einer schwarzen Schneeflocke in diesem Garten befreit und ist wiedergeboren (Endochorie).

Susi hört ein Geräusch, ein Klappern. Das Klappern einer Katzentüre!

Ein Kater namens Mauser (auch liebevoll Mausi) genannt, schleicht in den Garten und macht es sich unter Susi bequem. Susi hat keine Angst, denn sie weiss, Katzen mögen keine Erdbeeren, jedenfalls nicht zum Essen. Ja ja, Susi weiss jetzt viel, denn sie ist intelligent! Ein Erdbeerenstrauch mit einem Bewusstsein sondergleichen.

Mausi dreht sich auf den Rücken und fängt mit einer Pfote an, eine kleine hässliche Erdbeere über ihm zu stupsen. Er spielt mit ihr, er liebt es, wie ihr rot (oder ist es blau?) sich in seinen Pupillen spiegelt. Liebt es, wie sie mit jedem Stups seiner Pfote hin und her wippt. Mausi fühlt sich wohl bei den Erdbeeren, bei den Susis.

Susi schaut nach oben und sieht einen Mäusebussard elegant, stolz und auch arrogant seine Runden ziehen, als sie plötzlich: Von einer ihrer Beeren (die eigentlich keine sind) eine verzweifelte Stimme hört:

„Hey du da drüben! Mein Name ist Susi, kannst du mich hören? Haalloooooo???"

Hahaha, das gefällt Susi, **dem Walderdbeerenstrauch**. Das gefällt ihr sehr! Sie kann sich ein Lachen knapp verkneifen und antwortet verständnisvoll:

„Hallo Susi, mein Name ist Susi. Ich frag mich schon den ganzen Tag wieso der Himmel blau ist. Weißt du wieso der Himmel blau ist, geliebte Susi? Weisst du es?"

28 Februar – 07 März 2010

54

Nachwort

Dieses Nachwort schreibe ich für all jene, denen das Buch gefallen hat und noch Fragen offen haben. Ebenso für jene denen das Buch nicht gefallen hat und sich fragen wie jemand auf die Idee kommt, so einen Schwachsinn zu schreiben.

Obwohl dies, wie ich finde, nicht meine beste Arbeit ist, ist es dennoch die erste die ich veröffentliche. Bisher habe ich immer autobiografische Texte verfasst und ich wollte wissen ob ich denn auch die Kreativität besitze, eine Geschichte komplett zu erfinden und dabei ist Susi entstanden. Mir war sofort klar, dass Susi eine Geschichte ist, die den Einen gefällt und genauso Anderen, wegen ihrer abstrakten Art, überhaupt nicht zusagt. Aber genau das ist der Grund, weshalb ich sie zur Veröffentlichung gewählt habe. Ich wollte nicht einfach eine 0815 Geschichte veröffentlichen, sondern etwas Besonderes, etwas, dass es in dieser Art wohl noch nicht gibt, selbst auf die Gefahr hin, dass es niemandem ausser mir und Mausi gefällt.

Das Besondere daran ist, dass es wunderbar, das Wesen eines Buches im Gegensatz zu einem Film zeigt! Denn Susi ist nicht verfilmbar. Sobald man die Geschichte optisch darstellen würde, wäre die Pointe sofort verraten, weil man dann sieht, dass es sich um eine Erdbeere handelt. Meiner Meinung nach, erzählt der Autor nur die Hälfte einer Geschichte und die andere Hälfte entsteht im Kopf des Lesers. Der Autor kann aber den Leser in eine bestimmte Richtung lenken und den Rest, macht dann die Fantasie des Lesers.

Die Geschichte von Susi, behandelt eigentlich die Relativität des Lebens. Sie soll aufzeigen, dass Realität im Auge des Betrachters liegt und schlussendlich nur in unserem Gehirn stattfindet. Denn wir sind unser Gehirn, durch Zentimeter dicke Knochen von der Aussenwelt getrennt und alles was wir

zu sehen, fühlen oder zu hören glauben, ist lediglich die Interpretation unseres Gehirns.

Am Anfang denkt man es gehe um eine gefangene Frau, schrecklich! Dann erfährt man, dass es „nur" eine Erdbeere ist, und dass was mit ihr passiert, etwas vollkommen Natürliches ist, ganz harmlos also. Doch aus der Sicht einer Erdbeere, wenn sie denn tatsächlich ein Bewusstsein haben könnte, ist dies dennoch ein trügerischer Schein ihres Daseins, ihre Erkenntnis ist fatal. Ein fataler Schein also.

So wie jeder Mensch Farben vielleicht anders sieht, fallen sie jemand anderem vielleicht gar nicht auf, je nachdem, welche Information unser Gehirn als wichtig erachtet und uns dann weitergibt.

Wem ist zum Beispiel aufgefallen, dass die ersten 5 Kapitel doppelt vorhanden sind? Es gibt jedes Kapitel Zwei Mal, einmal in Rot für Susi stehend und einmal in Blau für den Bussard bzw. für den Leser stehend. Denn bevor man weiss, dass es sich um einen Vogel handelt, lasse ich den Leser sozusagen unwissend den Bussard sein. Erst wenn im Kapitel 666, Susi und der Bussard ihre Identität preisgeben, bekommt das Kapitel die Farbe (Rot+Blau=) Violett und der Leser sieht das ganze Geschehen nun losgelöst vom Bussard, aus einer anderen Perspektive.

Genauso wie der Leser und der Bussard anfangs Zwei Persönlichkeiten in Einer sind, habe ich auch Susi und den Walderdbeerenstrauch als Zwei Persönlichkeiten dargestellt. Am Anfang ist Susi eine Erdbeere und die Stimme die sie hört, ist die des Erdbeerenstrauchs an dem sie hängt. Nach ihrer Endochorie, ist dann Susi der Erdbeerenstrauch, der das nächste Rätsel an eine ihrer Erdbeeren stellt. Ein Kreislauf meiner eigenen abstrakten Denkweise.

Wer sich nun fragt, warum das alles? Hey! Sorry, keine Ahnung! Einfach weil es sich mein Gehirn so ausgedacht hat. Ich behaupte nicht etwas Intelligentes geschrieben zu haben, denn wer von sich selber behauptet intelligent zu sein, beweist gerade damit, dass er es nicht ist. Alles relativ, es gibt nur etwas was ich mit Bestimmtheit weiss, nämlich, dass ich gar nichts weiss! ☺ In diesem Sinne:

Danke für eure Aufmerksamkeit! Ich hoffe trotzdem ihr hattet Spass mit Susi und vielleicht bis zum nächsten Mal.

Anregungen, Reklamationen, Komplimente oder Beschimpfungen bitte an folgende Adresse: milli66@bluewin.ch

Widmung

Für meinen treusten Begleiter, für den liebsten Menschen auf Erden, für meinen Kater Mauser.

R.I.P.
06.06.1996 - 13.06.2013

Danke

Corinne
Für die gnadenlose Korrektur

Asemina
Für das kunstvolle Cover

Schubi
Für Deine Freundschaft

Sara
Für Deine Liebe und Unterstützung